Philémon
avant la lettre

Philémon
avant la lettre

Fred

LE MYSTERE DE LA CLAIRIERE DES TROIS HIBOUX

DARGAUD ÉDITEUR

PARIS • BARCELONE • LAUSANNE • LONDRES • MILAN • MONTREAL • NEW YORK • STUTTGART

© DARGAUD ÉDITEUR 1978
Tous droits de traduction, de reproduction et d'adaptation strictement
réservés pour tous pays, à l'exception du Canada.

Dépôt légal Avril 1982 - N° 3005

ISBN 2-205-01230-4

Distributeur exclusif pour la Belgique:
DARGAUD BENELUX, 3 rue Kindermans - 1050 BRUXELLES

Imprimé en Italie en Mars 1982 par F.lli Pagano S.p.A. Campomorone-(GE)

© DARGAUD CANADA 1978
307 Benjamin-Hundon St-Laurent Montréal P.Q. H4N1J1.

Titulaire des droits d'auteur pour le Canada. Tous droits de traduction,
de reproduction et d'adaptation strictement réservés pour le Canada.

ISBN 2-205-01230-4

PRESSE IMPORT LEO BRUNELLE INC. 307 Benjamin-Hudon
St-Laurent Montréal - P.Q. H4N 1J1
DISTRIBUTEUR EXCLUSIF LICENCIE.

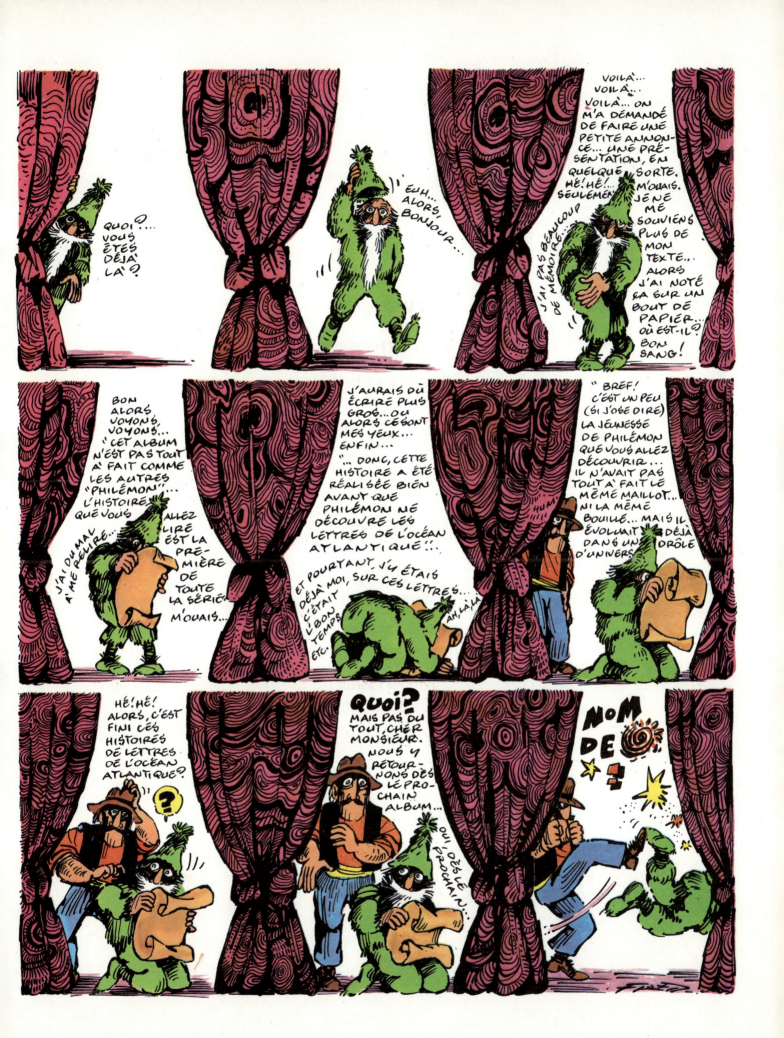

DU MÊME AUTEUR

COLLECTION FANTASTIQUE
LE PETIT CIRQUE

COLLECTION HUMOUR
EN GRANDS ALBUMS CARTONNÉS

LE FOND DE L'AIR EST FRAIS
HUM !
ÇA VA, ÇA VIENT
Y'A PLUS D'SAISON
LE MANU-MANU

EN COLLABORATION AVEC ALEXIS
EN GRANDS ALBUMS CARTONNÉS

TIME IS MONEY
4 PAS DANS L'AVENIR
JOSEPH LE BORGNE

AUX ÉDITIONS G.P. ROUGE ET OR

CYTHÈRE, L'APPRENTIE SORCIÈRE

ÉDITÉ PAR L'AUTEUR

MAGIC PALACE HOTEL

DEMANDEZ-LES A VOTRE LIBRAIRE

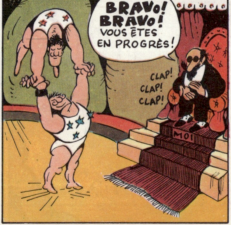